ゼームス坂

大島範子歌集

短歌研究社

ゼームス坂　目次

ゼームス坂

早蕨

厚き落葉押し上げ出づる早蕨のほのかな苦み人のいのちは

地《つち》もたげ萌え出でむとする早蕨に産湯のごとく春雨そそぐ

不確かな未来なれどもとりあへず今日もするなりラジオ体操

髪染めて笑顔若やぐ母は今卒寿祝はれホームへと発つ

この街の史跡のやうに骨董屋一軒のこす原宿シャンゼリゼ

駅廊《ホーム》より点字ブロック探りゆく白杖の行方しばし見守る

身のめぐり整理しつつも春なれば萌葱のジャケット買ふを楽しむ

ディケンズの博物館の絵葉書に雉の尾羽のペンを走らす

ゼームス坂

レモンの碑に桜はなびら貼りながらゼームス坂は早や菜種梅雨

行き悩む会議の席なり着信音「マイ・ウェイ」流れぽつと明るむ

*繁体字の「牙醫《ビンイン》」といふ看板を見つつゆるりと歩む台北

*旧字体のこと

古ぼけたる着物贈られ姑上《ははうへ》へつらつら綴るお礼の手紙

夕刊に眼鏡が落つる午後十時三万分の一日《ひとひ》が終はる

花桐の若紫の風受けて君への文とポストへ向かふ

やはき葉に花の白染む半夏生あやしく匂ひ世に滅びゆく

商談を一つまとめて下車駅に透明傘をパシッと開く

梅雨晴れの木立の上を今もなほ戦機飛び交ふ昭和記念公園

七夕の集ひは果てて去り行くも二度《ふたたび》三度《みたび》空を仰ぎぬ

己が身をデンタル・チェアにゆだねつつ「ノクターン」の曲に指ほどけくる

ふらここに揺れつつビルの硝子拭く遠隔兵器飛びめぐる星

うち開く花火はぱつと芥子の花少女の浴衣に青く燃え立つ

連打され弾ける花火の残像は三月十日の東京の空

歌仲間と渋谷の茂吉語りつつ土用鰻の焼き上がり待つ

日焼け止め重ね塗りして出できたるシニア講座に『J.F.Kenedy』を読む

人呑み川

パソコンを閉ぢて眼を圧《おさ》ふれば闇に眩しき流星の群

亡き母を見しか一瞬わななきてわが貌と知る鏡の前に

夕されば灯に華やげる電波塔その下闇に母は眠るも

老いたれば意識の流れ澱めるや怒りはじめて笑ひとなりぬ

中島に這ひ上がらむと繰り返す子亀見てをり秋の御苑に

夕光にひらりきらりと秋見せて銀杏散り初む絵画館前

友送りひとり日暮れの道を行くわが背追ひ来る木犀の風

笹塚に鴨を遊ばせまた暗渠人呑み川と呼ばれたりしも

スクランブルにとり残された老婦人脱出遂げて拍手おくらる

五十代に入りて測量に挑みたる忠敬は母の故郷の人

柚子三つ風呂に浮かべて入りたりし歓声を子はおぼえてゐるか

日本から中古のシューズ贈られて弾むケニアのボールも子らも

泡立てるシャンパングラスを耳に添へせせらぐ川の音を聴きをり

ごみ袋運びなづめる老いびとを鴉は角に待ち受けてゐる

魚沼より届ける〈雪国マンゴー〉の地熱栽培がもたらす甘さ

友を待つわれ、来ぬ人を待つハチ公雨に濡れつつ昏れゆく渋谷

赤白青アルヘイ棒はねぢれつつ昇りつづける白鳥座まで

出張のブリュッセルより濯ぎもの息子にさきがけ帰りてきたり

ビターチョコ

「春の海」聴きつつ餅を一つ焼く厨に迎ふる新しき年

雪代の上に立ちたる陽炎のゆらめきやまぬしろがねの花

捨つべきか否かと迷ひまた仕舞ふ夫の最後の筆談ノート

掻き込みて卵かけご飯食みにける目を細めたる夫の顔はも

てのひらに収まる手帳春先の旅の日取りをまづ書き込めり

「お袋さん、楽しくやれよ」とビターチョコ、ガーナより届くマイバースデー

冷蔵庫ふるへ続けて二十年ぬばたまの闇にその脈を聴く

かつて糸電話に聞きし娘の声がいまキリマンジャロ登頂を告ぐ

寒卵包み来たれる新聞の歌壇に古き友の名見つく

夫逝きて泣き疲れたるわが裡にオーボエの吹く「新世界」聞こえし

夫の死を忘れむと発ちし日本橋ひた歩きゆく京へ五百粁

戦後

おみくじを凶事《まがごと》なかれと結びたる梢にぽつと白梅の花

新春の寒気をくぐり臨みたる株式ゼミは老い人ばかり

縁談に息子と気まづき時あれど　時は流れてそれぞれに老ゆ

さよならのチャイム鳴るから五時なのに二月尽とは明るきものよ

煤けたる古伊万里一枚焼け跡の金庫にありて戦後をはじむ

戦後まづ父の買ひくれし「一休さん」四つ折り五枚を貪り読みき

思ふ人には

介護士が大声を出し伝へをり夕餉のメニューは菜飯に卯の花

介護士はみどりの日とふ昭和の日姉は譲らず天皇誕生日

腰痛に眠れぬ夜更け耐へをればバイクが瞬時闇を切り裂く

この町に一軒残りし八百屋閉づ靴屋になりて若きで賑はふ

首都焼かれ人の群れゐしこの地下道液晶灯し少女行き交ふ

「こんなものが売れるのかねえ」呟くは母かと振り向く原宿の街

九十二まで揃ひたりしも一歯づつ母を去りにきその死を待たず

リハ仲間とのランチは楽し食べ終へてみな一握の錠剤を飲む

兎馬《うさぎうま》は驢馬の別称なることも老いて始めし短歌に学ぶ

目が細く鼻の高きは弥生人講師が説けばみな鼻を撫づ

三千年をツタンカーメンと眠りたりゑんどう豆は群青秘めて

ゆつくりと手足を伸ばし起き上がる犬に倣へと若き医師言ふ

三代目のパソコンに受け継がれたる夫の最後のお休みメール

待つのみの時代は過ぎぬお嬢さん思ふ人にはメール打ちませ

金毘羅座の半纏着たる少年に案内され観る金毘羅歌舞伎

風のコーラス

震源を奥処に秘むる海原に蛍のやうな漁火ともる

ロシア旅行キャンセルせしもその夜更け地球儀まはしクリミア確かむ

朝採りと賜びしそら豆莢割けばふつくら布団におかめの笑まふ

くれなゐの躑躅、車窓につづきつつ山手線は巣鴨を過ぎぬ

乾杯に次ぐ雑談に初恋の告白もあり古稀クラス会

ひそやかに夏の思ひの開かれて日傘に褪せしあぢさゐの花

海底に棲むウミウシの鮮やかな角振りかざす専守防衛

封筒に貼られし切手の花菖蒲生き生き届く梅雨に濡れつつ

五月雨に梵鐘にじむ深大寺あかき氷の一文字揺るる

生まれ出て愛さるるなき児の名前　紙面の闇に悲しく光る

水無月の風の届けるコーラスの声あをあをと図書館の道

公園のベンチに寝転ぶ老いびとの本の表紙は『海辺のカフカ』

夢は夢なり

のり巻をひとついかがと振る舞へばガン病棟に笑顔ひろがる

お知らせの始まる合図チャイムなり「はい」と応へる新入院患者

末梢から死は訪れむ爪先の冷えに覚むれば八月の月

手術待つしばしの家族団欒に命が急に惜しくてならぬ

病窓の市松模様のエンブレムに送られて発つストレッチャーで

若き日の夢は夢なり今はただ命を惜しみオペ室へゆく

饒舌に隠してをりし哀しみが吹き上げて来つ別れの角に

「ありがとう」母の最期のひと言を享け「ありがとう」手術に臨む

からまりたる七本の管に繋がれて生きるは辛き術後の朝《あした》

天をつくビルのてつぺん見上げつつ一週間をベッドに臥《こや》る

ミサイルが北海道沖に落ちし夜術後の管が抜かれ激痛

夜もすがらエアコン響く病室に蟬の声聞く新宿の目覚め

わがからだ怠くて痛くて置き処なし広くて狭い術後の世界

体力の衰へしかと知らさるる院内散歩管を引きずる

十三階の病室に見る都庁舎のかかぐる五輪エンブレム二旗

幼き日母の作りし甘藷《いも》飴は歯にくろぐろと戦時の甘さ

凱旋を寿ぐごとく灯を点す不夜城へ続く都庁前通り

不思議

新宿より弾かれ帰る原宿のこんなところに新しき坂が

テポドンが日本の空を過《よぎ》る日もゴンドラ揺らし硝子を拭ける

ゴンドラに窓拭く人を上空に見送り短歌講座に戻る

熱中症の報道多き八月をメンズ日傘の売り場拡ごる

癌に克ち熱中症に負けられぬ水筒の水一気に飲み干す

ウワックウワックと扇ぎ涼とる象の耳われにもほしき節電の夏

万葉人ならいかに凌がむこの暑さ虫麻呂の歌に「暑」を見つけたり

右を見て遅れるバスを待つ列に独り目に追ふ青条揚羽

真夜覚めてまなうらに顕つ人らみな朝明《あさけ》に帰る常世の国へ

川波に身をまかせゐる舫ひ船　大川端に台風近し

台風の過ぎしゆふべの空に見るガラスに揺るる金魚のあかね

台風をいかに耐へしや過ぎたるを知らせるごとく蟬鳴き出だす

気化つづくドライアイスを気にしつつ友の目覚めを病室に待つ

色欲と金銭欲の時過ぎてはつかなる食と眠りに足れり

『浮雲』を夜すがら書きて冷酒を芙美子呑みけむ朝の濡れ縁

こんなにも朝ドラに泣きわが母の葬儀には泣かざりし不思議よ

プレスリーのゴスペル

プレスリーのゴスペル聴きてゆゑしらず泪の滲む九月の孤独

パソコンのフリーズを聞き母言ひし池の凍れる夕べの寒さ

チューリップの球根植ゑて秋の空仰げばにじむ花のくれなゐ

電子辞書に蟋蟀のこゑ聴きをれば庭のコオロギ目覚めて鳴くも

年金に相応ふ暮しと孤独とに耐へて杖つく早朝散歩

パソコンに瀬戸の満月届きたり遠くに橋の灯火添へて

薬研坂ゆつくりゆくに来り去る雷のやうなるスケートボード

外苑の銀杏黄葉はランディング風に運ばれわが庭隈に

詠題の「爪」とふ文字に点の有無またも確かむルーペ近寄せ

脱皮する月夜の蟹に倣へるかピーリングといふ変若《をち》返り術

駅弁をひらくや箸を持ち直し蓋の裏より飯粒つまむ

有間皇子の短き生を霧深き有馬の朝の湯におもひをり

天井

ランドセルを中国人の囲む列縫ひて旅行の鞄を探す

後ろ向きに賽銭投ぐる人もゐる群に紛るる観音参り

浅草に天丼食めば懐かしや祖母の伴せし観音参り

なつかしき匂ひに入る天丼屋相席はみな中国のひと

たぽたぽと湯たんぽは鳴る垂乳根の母の思ひ出うち連れて鳴る

羊羹に羊の文字があるわけをラジオに知りぬ未年元朝

若水に雑煮を炊きて五十年嫁入り道具の椀も古りしか

正月の波の荒ぶる佐渡島　木造船の漂着伝ふ

吾を医者へ負ひゆく母の温き背《せな》　ときに心に熱《ほめ》き立ち来も

繰り返しアナウンスさるる駅伝の選手の名前　その調べよし

遊行寺の坂上りきり富士の雪蹴り上げるまで跳ぶ緑《あを》たすき

アンカーのゴールに近づく映像にわが手も前後に動き始めつ

「この煮しめ旨い」と婿のひと言に二年越しなる凝り和らげり

ごみ袋積まれて収集待つ街が動き始める正月五日

顔知らず声聞かぬまま三十年その字の癖を知る年賀状

姑の嫁を誉めたる賀状あり仲人冥利とお屠蘇がすすむ

おほかたは整理を終へし棚の上小瓶に光るエジプトの砂

おもほえず自動車事故の現場見つ免許返納終へたる帰途に

冬の窓に曙杉を遠く見るその歌詠みし友ぞ偲ばる

如月の田沢湖畔に摘まれたる楤の芽ならぶ駅なか八百屋

早春のベスト

二十本の夫のネクタイ縫ひ合はせ仕立てしベスト早春を着る

「笑点」の録画戻してまた笑ふ芽吹き促す早春の雨

朝光《あさかげ》に並木のけやき芽吹き初め表参道空気あたらし

餌《え》をふふみ首をもたげて呑み込める喉に詰まらぬ小鳥の妙技

所得税納めて帰る夕あかね今年も食べよう豚カツ定食

それからいかに

十七年飼ひし金魚が水槽を跳ね出でしあの地震の朝《あした》

ぬばたまの闇をひき裂く猫の声すさまじきかな春のことぶれ

隣席の読む新聞をのぞき込む昨日の小説それからいかに

「補聴器を電話のときは」とわれ言ひてぱたり断たれし友とのご縁

うつらうつら「天国」と聞き目を開くホーム明かりて地下駅「千石」

蛸一貫寿司屋のレーンをまはりゐる地球半周の船旅終へて

外人客にパネルの操作教へられ鮭一貫を流れに待てり

『赤光』に詠み込まれにし「隠田橋《をんでんばし》」地図にたどりて暗渠を渡る

魯山人の織部の長き皿を愛で鮨二つ三つ抓みたき午後

暮れなづむ代々木の空に飛行船鯨《いさな》のかたちゆつたり泳ぐ

図書館を出づればぽつと春陽射し花芽眩しき桜坂ゆく

写真の少女

新緑が天蓋となるその前に春陽に咲けるキクザキイチゲ

着メロを頼りに探すケイタイは本の間《あひ》から「TSUNAMI」を奏づ

一年を塩湖市《ソルトレーク》に学びし娘英語を話し上手に泳ぐ

純白のウェディングドレスの裾曳きて光のなかの娘の牛歩

ひそやかに去りし人あり苦瓜の花の黄色を軒に遺して

ガラス器に甘藷一寸《いっすん》蔓のばし大地もとめてテーブルを這ふ

神宮のみどりを背にする駅ホーム白南風にのり来る上海語

出でぎはに帽子、手袋、サングラス探して早も五百歩あゆむ

白杖をスマホに持ち替へ少女子《をとめご》は教へくれたり紫陽花寺を

夕立の過ぎるを待たず若きらの声湧き出でていつもの原宿

蟬の声駅への道を送り来る葉隠れなれど歩調と和して

いのちある鋭き声にわが胸へ飛礫《つぶて》となりて蟬当たり来つ

聖書読む写真の少女はわれなるか同窓会にそつと渡さる

薄紅の花を前へとせせり出す集団少女のやうなミディ胡蝶蘭

いつしらにあの歩道橋はづされて朝風すがし横断歩道

光の中鮪の泳ぐ水槽に人の影ひく雨のファミレス

店内に響《とよ》むサンバに踊らされあれもこれもとカートに入るる

連れ立ちて歩けることの幸せを角に別れて知るわが家路

ひろげたる新聞紙《しんぶんがみ》に用済ませ尾をひとつ振るジョンよおめでたう

「さやっぽ」

リハ室の硝子に揺るる小笹むら十三階に秋風を見つ

鶯谷の駅廊《ホーム》を渉《わた》る秋風に痛み背を這ふ子規おもはれて

黄昏の空母のごとき競技場背にして受くるガイドのスプレー

数式はコトバを使ふ学問なりπ《パイ》と記さむ円周率は

鳩の声ほろほろほろ聞けばダヴ・コテージ湖水地方の旅思はるる

卓上に伊右衛門と紙コップ立てさあ、始めようリモートワーク

かぐや姫還りしはこんな夜ならむ娘見送る望月の夜

おもちや屋の卓上ピアノに立つたまま両手で弾きしカッコーワルツ

パソコンが小学生の文具になり子らの残しし鉛筆削る

九十歳のひとり暮しの友はあの豪雨に〈赤いきつね〉を三日

夕鴉飛びゆく方から遠太鼓　裏原宿に万聖節《ハロウィン》を聴く

黄葉して違ひを見せる花水木紅の並木は白より明かし

名にし負ふ原宿とふ地名表示なく今駅に来てその名を見たり

原宿は木組みの駅舎　その屋根に止まれる鶏《とり》は北を指しつぐ

うつむいて尾花に寄れる思草踏みだし難し広き世界へ

落葉積む足元指して「ゴミ虫よ」幼は返す「ダンゴ虫だよ」

老犬を乗せたるカート押しながら眼鏡を正す銀杏黄葉へ

「さやっぽ」と父に呼ばれしそのままに鞘走りゆく八十代を

孫のため刃と炎操りてキャラ弁作りに挑むあかとき

白き輪を首に飾れる小鳥たち図鑑の示す冬の小雀

ユーチューブにワライカワセミ笑ひつぐ私も笑ふ雨の日曜

鹿児島は遠祖の地なるを知らぬまま息子はなぜかかの地を慕ふ

タイのTシャツ

九枚の喪中葉書のいちまいは友の義母の訃　百十三歳

正月の鬼子母神参道にぎはひてラムネの旗に夕影及ぶ

雑煮食べ心身ゆるむ松の内明けて八日は健康道場

おでん屋の屋台ゆさぶる木枯らしに熱き蒟蒻口にころがす

タピオカのカップ片手に成人式の振袖姿の娘らが行く

友の歌みな上手くおもふ会終へて　銀杏の芽吹き見上げて帰る

滾つ湯をくぐるやさつと緑立つこごみは今もはてなの形

君と買ひしタイのTシャツその象の色褪せるほど思ひ濃くなる

さくら餅携へ出づる長明寺匂ひゆかしき大島桜

花見客の向けるカメラのその先に蛇のとぐろの静寂があり

咲き初むる季をおもはす今日の冷え散りし桜は大河をゆくも

丸亀団扇

鈴懸の木蔭に老女三人は「第三の男」語りてやまず

父母の交互に運ぶ餌を待つ池の浮巣の鳰の子三羽

子らの声ひびかふ春の野鳥園昼を眠るや大木葉木菟《おほこのはづく》

手をつなぎ彼と渡つた交差路が夕べのテレビに放映さるる

アフリカの黄色の砂敷く檻のなか耳立て眠るフェネック狐

自販機に買ひし線香　点火機に灯して友の墓前に供ふ

支倉と書く表札に常長の旅をし思ふ四谷番町

朝露の光るトマトをもぎとりて歯をたてたればじつと水音

しろたへの和紙に縹色《はなだ》の蟹ゆれて潮風すずし丸亀団扇

夜来の雨あがりたるらし朝顔の藍冴え冴えと今日が始まる

白南風にのり台湾語聞こえくる神宮に向かふ哈日族《ハーリージュー》か

夏かけて読み解きてゆく古典講座　伊勢物語はなぜ悲しきか

炎帝より逃れ来れる水族館ケープペンギンとミストへ向かふ

ブランコの空に集める緊張を解きて流れる夏の白雲

チャンピオン

誘はれて着きたる宴に溶け込めず顔を見合はす大錦鯉

さるすべり花のくれなゐ八方にゆうらりたわみ　嵐近づく

朝一に受けし電話は「おめでとう」敬老の日のかつらのセールス

町会からフェイラー贈られハンカチに雛罌粟《コクリコ》の咲く敬老の会

氷河期を超えて今なほ池に咲く雨に鮮《あたら》しミツガシワはも

源はギルガメシュ叙事詩とぞ信じてきたるノアの箱舟

古池の向かう岸から影に乗り大き白鷺ひとつ迫れる

整理券に並びて得たるモンブラン食めば思ほゆ戦時のお米

高麗川のぐるりと廻る巾着田　黄金の秋は花のくれなゐ

鍵盤をひと撫でするやドビュッシーに憑かれたるらし辻井伸行

カンガルーに負けて嵌つたボクシング白井義男は世界王者《チャンピオン》になりぬ

ボクシング守るも攻めるもカンガルー応援席もみなカンガルー

大皿に鮮らけく咲く牡丹肉鍋に味はひいざ天城越え

後ろ前

神宮へ初詣にゆく道すがら鎮守に祈る往還の無事

いそのかみわれより古き人見えず若きにまじり列《なら》ぶ初詣

初詣のあとに頂くかはらけの御神酒にああ空が映れる

玄米は健康食品ベストとふまづ炊きてみむ胚芽米から

窓の外の突つ張り棒にぎつしりとしがみつきゐる冬の昆虫

最後まで夫の履きゐしズボン下後ろ前に履き立春を待つ

緋毛氈黒に染め替へオーバーを着せくれし母しのぶ雛壇

樹木葬の春の咲きつぷりいかなるや参加してみむ墓地見学会

待たれゐる桜のときぞ短かる　時は駆けゆく永久の別れへ

虎でさへ

「外出はなるべく避けよ」と呼び掛けるニュースの後は開花情報

「海外へ出張するな」と娘に打つや「ママ、出歩くな」と返信のあり

点てんとフェンスに白く灯りたる豌豆のさや摘む夏が来ぬ

ニューヨークの動物園の虎でさへコロナに罹り咳をするらし

人はみなすれちがひざま身を躱すマスクをつけて嬰児からも

コロナ禍の今宵見る月ガラス越しピンクムーンが雲からのぞく

バラの窓より老女出で来ぬ　再会は七十年ぶりラインに乗つて

武蔵野に規制緩めば梅雨しとどアリの寄り来るヤブレガサの影

オリ・パラにすつぽかされたる競技場四ひらに咲ける花の静けさ

撮りたての渋谷を映すテレビニュース　ゼブラの白線こよひくきやか

網戸越しに番の鳩が覗き込む「奥さん今日もステイホームか」

ドアあけてうつろに見まはす冷蔵庫ややあり気づく　さうだ、麦茶だ

わたしはノマド

救急車に運ばれながら病院を転々とするわたしはノマド

はめごろしの硝子の窓に湧き出づる夏の白雲病床に追ふ

病床に六たび迎ふる日曜日リハビリ4コマ昨日も今日も

リハビリの施術の女《ひと》が手を休めスマホに聴けるよしきりの声

お仕着せに三食付きの入院にごみ出しのある日常を恋ふ

病床に望む今宵の望月よ夢でまたねと瞼を閉ぢぬ

死の床を箱枕に眠る義母なりき江戸の名残りと共に逝きたり

空に鳥海には魚地上にはニンゲンなどの猛獣が棲む

病室の窓をおぼろに曇らせる初秋の雨につつまれる朝

リハビリにひすがら励む三か月まだまだ遠き日常生活

杖つきてやうやう歩む病院の庭に見つけしハートの黄葉

筒美京平を悼む

後輩のみ魂をおくる教会を東に望むリハビリ病棟

聞こえ来る君の奏でしピアノ曲「枯葉」には早き仲秋に逝く

秋たけて眠れぬ夜の静けさに最終電車の行き過ぐる聞く

青山の空低くゆく二機三機退院の延びた秋の夕暮れ

大腿骨骨折　術後四か月伝ひ歩きの幼なになりぬ

退院の延びて一人で院の庭廻れば小さき冬のひまはり

病室のカーテン開けば冴え冴えと鴨が鳴きゆく朝明けの空

青山の高層ビルの下蔭に小鴨の游ぐ池のあるなり

若草のわれの愛馬よ歩行器よストッパー解かれ今日を駆け出す

日本の雪

地下駅へ右に左に杖揺らしコロナの風に吹かれて降りる

「駅より五分」通ひつづけて六十年今この道をバス停に立つ

正月の煮しめの残りに菜を加へ火加減よろしく七草がゆに

子ら集ひつつき合ひたるすき焼きの汁で炊きたるオカラの旨さ

お雑煮の残りの具材みな入れて七日の夕べ鳥鍋を炊く

果物かお菓子か迷ふティータイムたとへば柿かそれともおかき

年経ればまたこのごろや偲ばれむマスクして茶を点てゐる写真

「十八歳と八十一歳の違い説く」メールに笑ふマイバースデー

六年生の雨天の体操授業にて腕相撲勝ち残りたるわれ

コロナ禍のステイホームのすさびにてふつくらオムレツ、テレビに学ぶ

初めて見る日本の雪の写メールをマニラの吾子に送るヘルパー

そのままの母

含みたる梅に寄り添ふはうぐひすか　うぐひす色を借りたるめじろ

帰るさに「またね」と言へば力なく小指をたてし　そのままの母

一口のワインすら許されざりし酒豪の夫の最後の晩餐

復興の祈念の梅は八重に咲き祈り届けとミツバチを呼ぶ

雉が鳴きカタクリの咲く散歩道風は冷たく坂は厳しく

朝あさに株式欄見て父言ひき「まだはもうなり　もうはまだなり」

円安で買ひ負けしたるカニ合戦わが家の肴はかにかまとなる

別れの手紙

「えっ、なに、さくら?」ナース指さす窓を見つ西新宿十八階に

「一人には広すぎますね」ケアマネはわが顔のぞくホームへの打診

千人が千のマスクをして歩くキャラが歩きゆく表参道

まなさきに二羽の翡翠《かはせみ》飛び立ちて右岸左岸を翠《みどり》でつなぐ

テレビには若葉の松潤ズームイン籠り居のわれ微笑み返す

新宿の空をタップす　あ、金魚スクリーン出でてゆうらりゆらり

玉虫色の翅をふるはす蝶啞へ子雀一羽繁みに消えつ

父を乗せ戦禍を馳せし一台の自転車ありて戦後始まる

牧水が池袋村と詠みし地のデパートに遊ぶ初夏の休日

ポストへの径に満ちたる百合の香に別れの手紙出さずに帰る

仮設路を巡る渋谷の午前九時近未来へと骨組みさらす

夕立に出番きたぞと艶めけるスワヒリ訛りの駅の傘売り

この角の川辺に蛇屋ありしかど学生時代の渋谷駅前

胸もとに卒寿の宴の染み遺す母の遺愛の大島紬

ほこり積む百科事典の二十巻寂びたる金の背文字が並ぶ

無事之名馬

ベランダにはだかる樟は神苑より鳥の運びし一粒からか

黒日陰蝶《くろひかげ》目玉模様を光らせて座席を占むる京王電車

変顔を比べつこして笑ひ合ふ玩具も菓子もなかつた我ら

空の果ていかにあるらむ謎のまま仰ぎつづけて傘寿となりぬ

大活字の夕刊読みて明日おもふ眠薬一錠ごくんと零時

老いて今生きるも眠るもみな薬五臓六腑の悲鳴が聞こゆ

幼き日しづむこころに父言ひき「無《ぶ》事《じ》之《これ》名馬《めいば》」今にあたらし

ここよここよ

推敲の韓愈《かんゆ》と賈島《かたう》の故事読みて芭蕉の古池静けさを増す

夏草に点れる古代むらさきは外来種なる桔梗草らし

杖おいて桂の木下に休むときこずゑのゆらぎ微かに見ゆる

明滅する自販機の前に歩を止めて虫の熱唱聞く朝ぼらけ

虫たちの恋のアリアの中を行く早朝散歩　お邪魔しました

夕空に入道雲を押し上げて閉会を待つ大競技場

通販に島の心意気買ひしはず　胡瓜もアサリも中国産なり

線路沿ひに黄色の穂先競ひ合ふアワダチソウは風土にしなやか

わが行くて昨夜の月が半分に欠けて残りをりま蒼き空に

一人鍋五酌の酒にほろ酔へばここよここよと蟋蟀の呼ぶ

しみじみと失恋語る小三治の快眠落語に今宵ねむれず

いかなる花かチェーホフの桜ばなロシアの苑に北限超えて

ビル風にベランダの菊散りつくし菊の香りの秋は終はりぬ

洗ひざらしの浴衣なりしも純綿の襁褓《むつき》に育ちし昭和のわれら

温泉に沈む瞬間ぞくぞくとやがて総身に血が駆け巡る

ぢりぢりと膚《はだ》を刺されて湯につかる　百を数へて真つ赤な鬼に

人生・残生

一本の燐寸を咥へ玉ねぎを刻むがごときわれの人生

見覚えある菖蒲模様の襁褓あり老いの備へと祖母縫ひしもの

散り際に華やぎもちて世を照らすもみぢに倣へわが残る生

人生の波のうねりを想ひつつ杖を頼りにゆつくりどつしり

あとがき

「六十歳になったら、一人遊びのできる趣味をもたなければ」と母は詩吟を習い始めました。やがて師範になり、隣人に教えるほどになりました。その教室のみなさんによる野辺送りの吟唱は、今も切々と私の耳に残っています。

そんな母に倣いたいと思いつつも、茫々と六十歳は過ぎ、六十六歳になりようやくその機会が訪れました。

熱海の、佐佐木信綱旧居・凌寒荘を見学した折、案内してくださった「心の花」の歌人の一人に、熱海の市民講座に誘われました。

それが谷岡亜紀先生そして短歌との出会いでした。

それまでにも、渋谷区の主婦大学で源氏物語を読み、和歌に魅かれてはおりましたが、その相聞歌は難解で怯むばかりでした。しかし、与謝野晶子の「金色《こんじき》のちひさき鳥のかたちして銀杏《いてふ》ちるなり夕日の岡に」などに新鮮な感動を覚え、やはり短歌を作りたいという気持ちになりました。

その後しばらくして、近くの明治神宮での献詠歌会やNHK短歌にも投稿するようになりました。

二〇〇八年六月の明治神宮献詠歌会（当座題「白」）にて、

駅廊《ホーム》より点字ブロック探りゆく白杖の行方しばし見守る

の歌が、森岡貞香先生の天賞に選ばれたことは、忘れ難い思い出です。

先の谷岡先生のみならず、篠弘先生、今野寿美先生の講座にも通って教えを受けましたが、年齢による知力・体力の衰えは著しく、とりわけ二〇一七年に胸の手術を受け、その後二度の大腿骨の手術もあり、不自由な時間が増えて歌の発想も乏しくなってしまいました。篠弘先生の青山歌会が閉じられた後、なんとか歌を続けたいと、二〇一九年五月から小島ゆかり先生の「碧の会」に入れていただきました。

歌集の出版など思いもよりませんでしたが、コロナ禍と脚のけがのために家籠りの時間が増え、家の中で今できることを、と思い立ったしだいで、いわば終活の一端です。収録作品は、もっとも旺盛に歌を作った七十代の作品が中心になりました。

小島先生には、選歌のみならず、一首一首への細やかなアドバイスや、全体の構成にまでお力を貸していただきました。心よりお礼申し上げます。

なお、タイトルの「ゼームス坂」は次の一首からとりました。

　レモンの碑に桜はなびら貼りながらゼームス坂は早や菜種梅雨

大井町駅から第一京浜に向かってほど近いあたりに、昔、ゼームスなる英国人が住んでいて、彼の発案で急峻だった坂をなだらかに工事したところから、

「ゼームス坂」と呼ぶようになったそうです。

そしてこの坂の中途に、高村智恵子が亡くなったゼームス坂病院がありました。今は企業のビルが建っていますが、その片隅に、智恵子の愛した檸檬の木を植え碑を立てようと、品川郷土の会（当時私も会員でした）が中心になり実現することができました。碑にはもちろん、高村光太郎の「レモン哀歌」が刻まれています。

最後になりましたが、先にお名前をあげました先生方、教室を共にした歌友のみなさまに、深く感謝いたします。歌集出版に際しては、國兼秀二様、菊池洋美様はじめ短歌研究社のみなさまにたいへんお世話になりました。ありがとうございました。

令和五年二月一日

大島範子

令和五年四月二十八日　印刷発行

歌集　ゼームス坂《ざか》

著者　大島範子《おおしまのりこ》

発行者　國兼秀二
発行所　短歌研究社
郵便番号一一二−〇〇一三
東京都文京区音羽一−一七−一四　音羽ＹＫビル
電話〇三−三九四四−四八二二・四八三三
振替〇〇一九〇−九−二四三七五番
印刷者　ＫＰＳプロダクツ
製本者　加藤製本

検印省略

ISBN978-4-86272-741-1 C0092